CB063478

UIRAPURU

CLARA BAZZO

UIRAPURU

Ilustrações por
GEMMA DEL'OU

Labrador

© Clara Bazzo, 2025
Todos os direitos desta edição reservados à Editora Labrador.

Coordenação editorial PAMELA J. OLIVEIRA
Assistência editorial LETICIA OLIVEIRA, VANESSA NAGAYOSHI
Capa AMANDA CHAGAS
Projeto gráfico AMANDA CHAGAS, VINICIUS TORQUATO
Diagramação EMILY MACEDO SANTOS
Preparação de texto MONIQUE PEDRA
Revisão ANA CLARA WERNECK
Ilustrações GEMMA DEL'OU (@GEMMA_DE_LOU)

Dados Internacionais de Catalogação na Publicação (CIP)
Jéssica de Oliveira Molinari - CRB-8/9852

BAZZO, CLARA
 Uirapuru / Clara Bazzo ; ilustrações de Gemma Del'Ou.
São Paulo : Labrador, 2025.
80 p. : il., color.

ISBN 978-65-5625-875-1

1. Ficção brasileira 2. Poesia brasileira 3. Folclore 4. Índios do
Brasil – Lendas I. Título II. Del'Ou, Gemma

25-1498   CDD B869.3

Índice para catálogo sistemático:
1. Ficção brasileira

Labrador

Diretor-geral DANIEL PINSKY
Rua Dr. José Elias, 520 — Alto da Lapa
05083-030 — São Paulo/SP
Telefone: +55 (11) 3641-7446
contato@editoralabrador.com.br
www.editoralabrador.com.br

A reprodução de qualquer parte desta obra é ilegal e configura uma
apropriação indevida dos direitos intelectuais e patrimoniais da autora.
Esta é uma obra de ficção. Qualquer semelhança com nomes,
pessoas, fatos ou situações da vida real será mera coincidência.

Dedicado aos sonhadores e aos destemidos,
aos que se entregam e se emocionam,
e àqueles que ainda creem nas lendas mais incríveis,
como o amor.

SUMÁRIO:

9	Kunhã Jasy
13	Kunhã Kûara
17	Yacy-Uaurá
21	Matueté
25	Erokakar
29	Uasému
33	Iapumi
37	Abiîxûara
41	Ybyrakytã
45	Mondebypyra
49	Aruru
53	Gûyrã-Puru
57	Moîekosub
61	Kurupira
65	Aûîerama
71	Ybâ-ka
74	Yvotyryru: O Jardim de Palavras

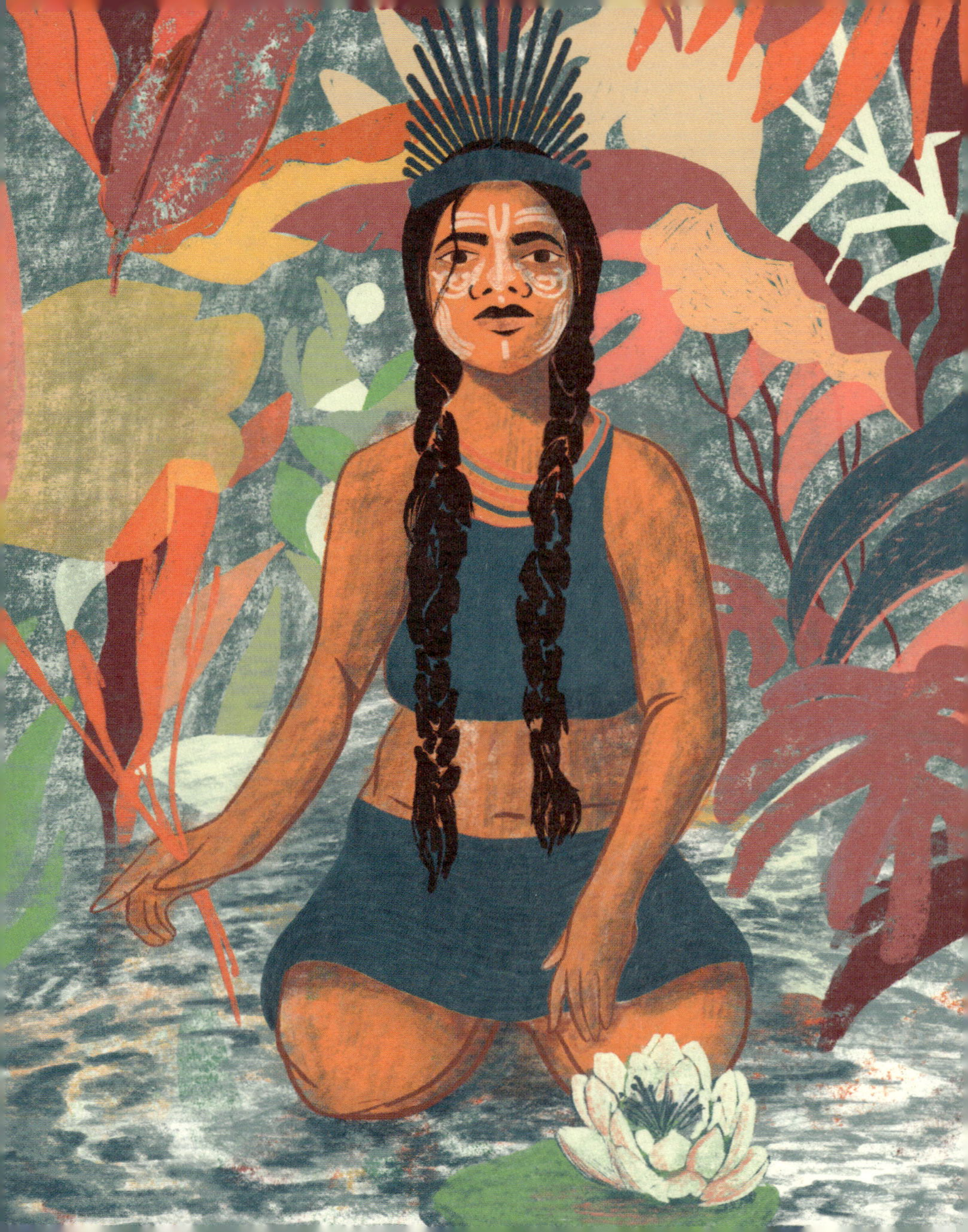

KUNHÃ JASY

Conta a lenda que, no coração da floresta,
onde o sol mal toca o chão,
erguia-se, acima do rio sinuoso, uma aldeia
sob o domínio de um cacique poderoso.

O cacique, pai de muitos bravos guerreiros,
viu, sob a guarda de Jaci, a Lua soberana,
o nascimento de sua última
e mais adorada filha, Anahí.

Diziam que,
abençoada por Jaci em seu nascimento,
Anahí recebeu de tal deusa a dádiva da beleza.
Sua graça despertava o interesse de todos
os jovens guerreiros, porém
Anahí não demonstrava interesse algum.

O cacique, seu pai,
homem de sabedoria e poder,
com olhar atento
viu o desejo dos guerreiros crescer.
Decidiu, então, estabelecer uma prova de valor
e ao mais digno sua filha conceder.
"Àquele que na floresta
com uma única arma de caça entrar
e com a maior presa retornar,
a minha filha irei entregar."

Partiram, então, todos os fortes guerreiros
para a floresta espessa,
munidos de uma só peça:
uns com lança, outros com arco e flecha.
Muitos voltaram de mãos vazias,
enquanto os bem-sucedidos
depositavam, aos pés da Anahí, suas ofertas.

Quando quase todas as ofertas
já tinham sido apresentadas,
surgiu Obirici,
reconhecido na tribo pela força e destreza,
e lançou aos pés de Anahí a maior queixada.
O coração da jovem se encheu de tristeza
ao contemplar o animal inocente;
sentiu-se, ela também, uma presa.

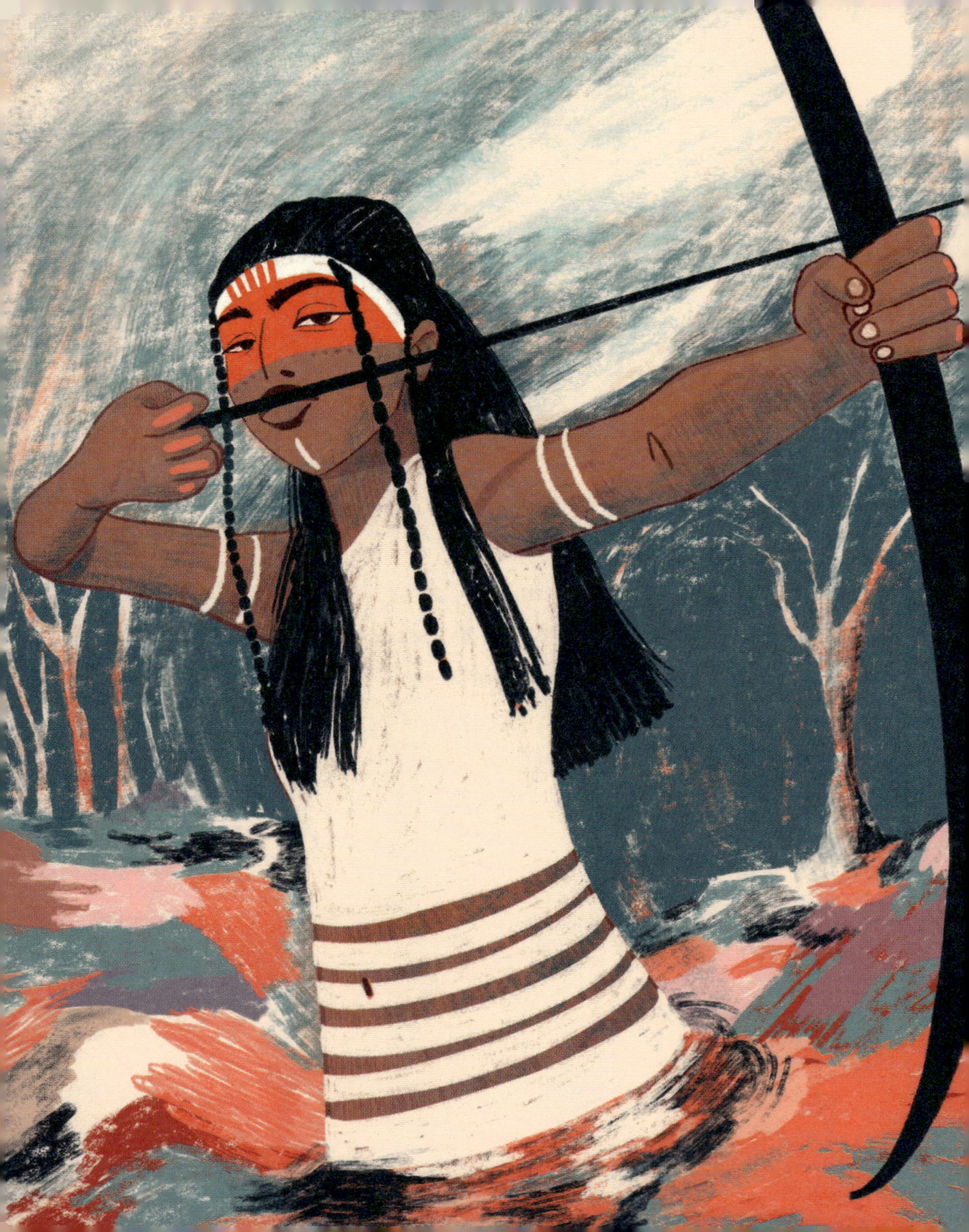

KUNHÃ KÛARA

Nas terras secretas,
sob o manto verde da floresta,
próximo ao rio que, como uma
serpente, se contorce,
erguia-se a tribo das Icamiabas,
valentes guerreiras,
mulheres lendárias, destemidas e fortes.

Nessa aldeia de bravas,
sob o olhar dourado de Tupã,
nasceu Quaraçá, filha da aurora,
do sol e da manhã.
Presenteada com a força e a arte da guerra,
seu espírito, no entanto,
ansiava por caminhos distintos na terra.

Era na música que a guerreira
encontrava sua essência,
e, ao tocar,
a floresta se entregava em reverência.
Era como se o mundo,
em um momento, parasse
para ouvir as melodias
que da sua flauta emanassem.

Os animais silenciavam,
em um respeito solene,
e as árvores pareciam sussurrar
em tons mais serenos.
Até o rio, em seu curso, parecia abrandar
para capturar a melodia
que Quaraçá fazia entoar.

Enquanto a flauta de Quaraçá
entoava sua doce canção,
no íntimo, a jovem guerreira
sentia profunda solidão.
Nas noites tranquilas, sob o manto estrelado,
ela contemplava o céu ao lado do rio prateado.
Em seu coração, um vazio ecoava,
e o espírito ansiava por um chamado oculto
que a inquietava.

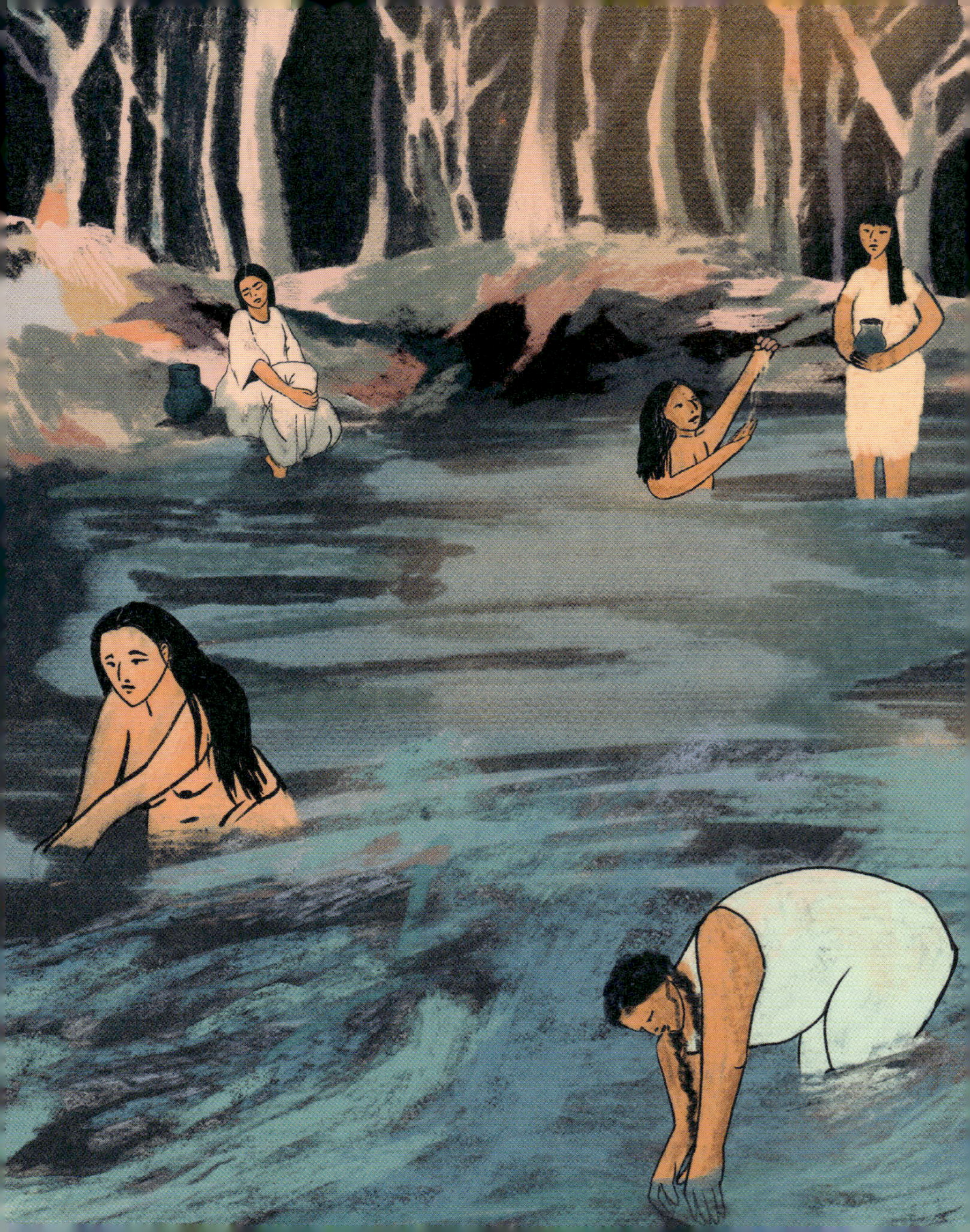

YACY-UAURÁ

Nas noites de lua cheia,
quando Jaci se elevava,
as lendas ganhavam vida
e a floresta despertava.
Os guerreiros do cacique partiam
rumo ao rio Jaci-Uará,
ao encontro das Icamiabas,
sob o luar que os guiava.

Somente nessas noites raras e sagradas
as valentes Icamiabas
aceitavam homens em suas moradas.
Às margens do rio, em honra a Jaci,
os tambores ecoavam,
iniciando o ritual da paixão,
um ato ancestral,
assegurando a continuidade da brava nação.

Eram nessas noites especiais,
quando o rio espelhava o luar,
que as guerreiras mergulhavam
nas águas sagradas.
Do fundo do Jaci-Uará,
a argila verde emergia,
nas mãos das Icamiabas
arte e tradição se fundiam.

Formavam-se os Muiraquitãs,
pequenas e sagradas figuras,
amuletos de proteção
verdes como a floresta.
Das Icamiabas aos guerreiros
essas pedras eram entregues,
recordações da união,
do rito compartilhado.
Símbolo eterno de uma noite
em que o sagrado era celebrado.

Enquanto a celebração se desenrolava,
Quaraçá, distante,
aos pés da Sumaúma,
a árvore que chora,
sua flauta entoava.
Seu espírito vagava livre,
alheio à celebração carnal.
Em seu refúgio isolado,
uma melodia mais serena ressoava,
desafiando o som dos tambores
sua canção solitária,
pelas sombras da floresta, se espalhava.

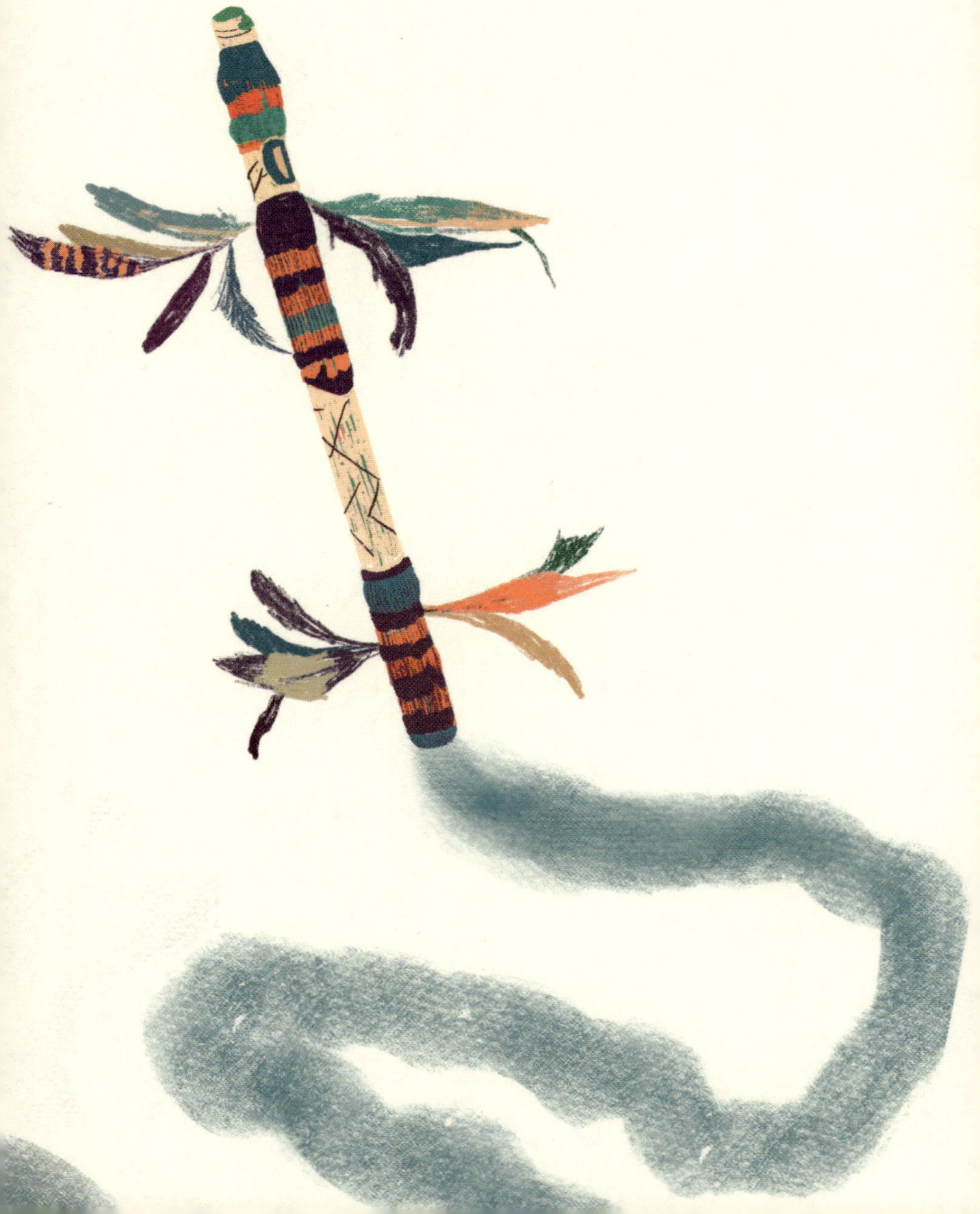

MATUETÉ

Acima do rio, na tribo regida pelo cacique,
Anahí, em união sem amor,
sentia-se solitária e triste.
Obirici, consumido pelo ciúme,
sempre a vigiava,
pois sabia que a beleza de Anahí
a cobiça dos outros despertava.

A cada ciclo de Jaci,
quando a lua cheia brilhava,
ela testemunhava, a distância,
enquanto os guerreiros partiam;
pelas trilhas secretas na escuridão da mata
eles desapareciam.
Inveja e curiosidade
dentro de Anahí floresciam.

Numa noite, a coragem em seu coração aflorou,
com maracujá da floresta,
a bebida de Obirici adocicou.
Seguiu então os passos dos guerreiros,
sob o manto da noite escura,
até a margem do rio,
onde o ritual carnal se desdobrava.

Oculta entre as sombras,
a celebração das Icamiabas espiava,
onde o sagrado e o profano
na dança se encontravam.
Mas foi a distante melodia,
além dos tambores,
que seu espírito cativou:
o suave som de uma flauta,
que pelos ventos da floresta
delicadamente viajou.

Através da mata espessa,
guiada pelo encanto da música,
Anahí encontrou Quaraçá, pela lua iluminada.
Aos pés da Sumaúma imponente, a guerreira
sua essência nas notas desnudava,
e no coração de Anahí
uma chama nova despertava.

Foi nesse instante, sob o véu noturno,
que seus caminhos se entrelaçaram
pela graça dos espíritos da floresta,
cujos sussurros, nas sombras, as abençoaram.

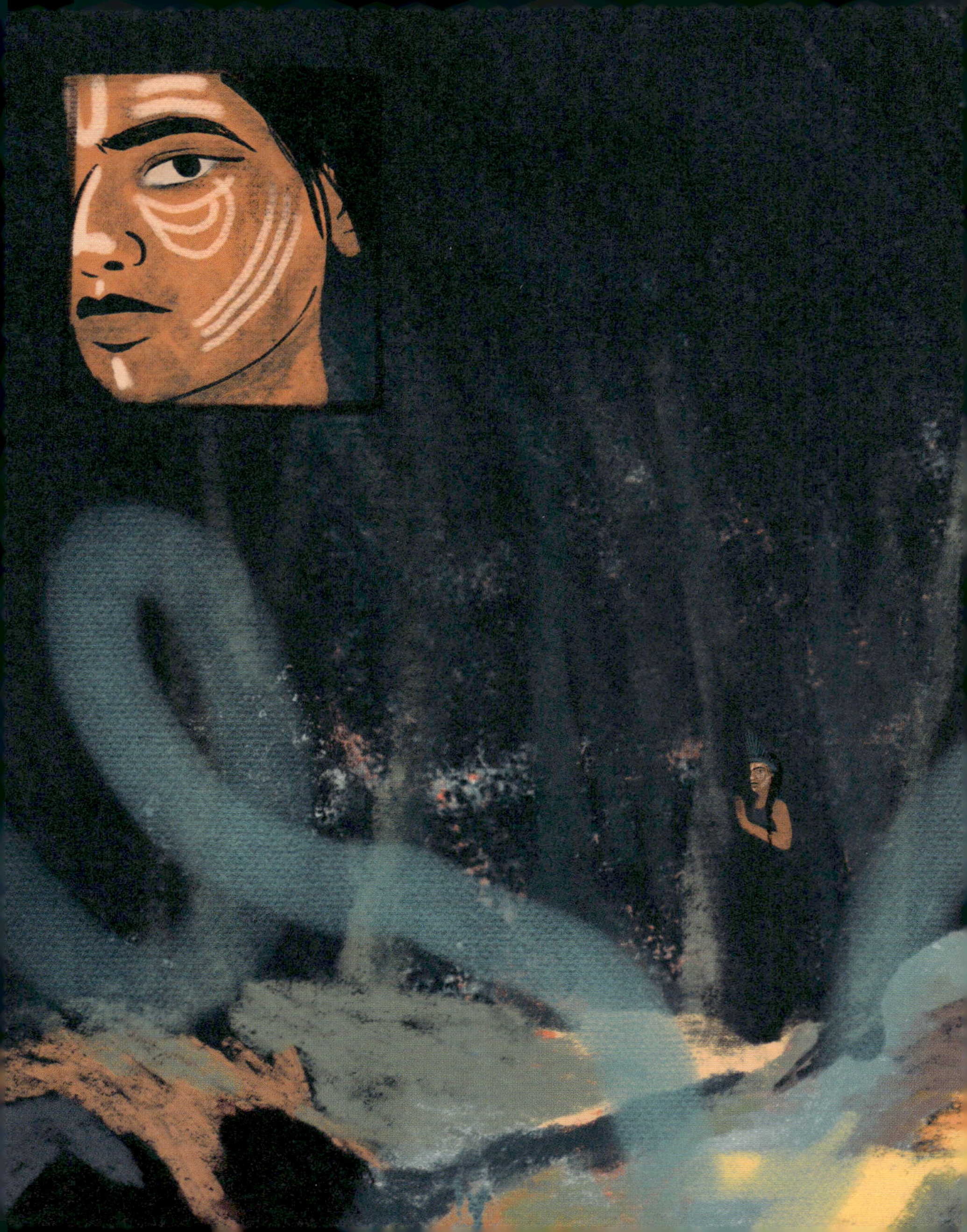

EROKAKAR

Quando a alma finalmente encontra aquilo
por que verdadeiramente anseia,
afastar-se do que a cativa
é como tentar segurar o vento.
Assim foi para Anahí,
sob o céu estrelado e a lua inteira,
envolvida pela música de Quaraçá,
num laço mais forte que o tempo.

A cada lua cheia
seu espírito ansiava,
sedento por mais, e,
movida pelas melodias
que pelo vento se espalhavam,
em segredo ela partia.

Na penumbra da floresta,
com passos suaves, prosseguia.
Aos pés da Sumaúma, ao luar,
onde a presença de Quaraçá
e sua música a atraía.

No início, ela era sombra
entre as sombras da mata,
silenciosa,
temendo que sua presença fosse revelada.
Porém, a cada novo ciclo de Jaci
um passo adiante ela ousava,
e, fascinada,
cada detalhe de Quaraçá absorvia,
conforme a distância entre elas diminuía.
A magia da música um fio invisível
entre as duas tecia,
e Anahí cada vez menos sombra
e mais presença se permitia.

Em uma noite especial,
quando Jaci no céu mais brilhava,
embalada pela coragem que de dentro brotava,
decidiu que era o momento
de deixar as sombras para trás.
Na luz do luar, enquanto Quaraçá tocava,
se aproximou,
e sua presença, na penumbra,
lentamente revelou.

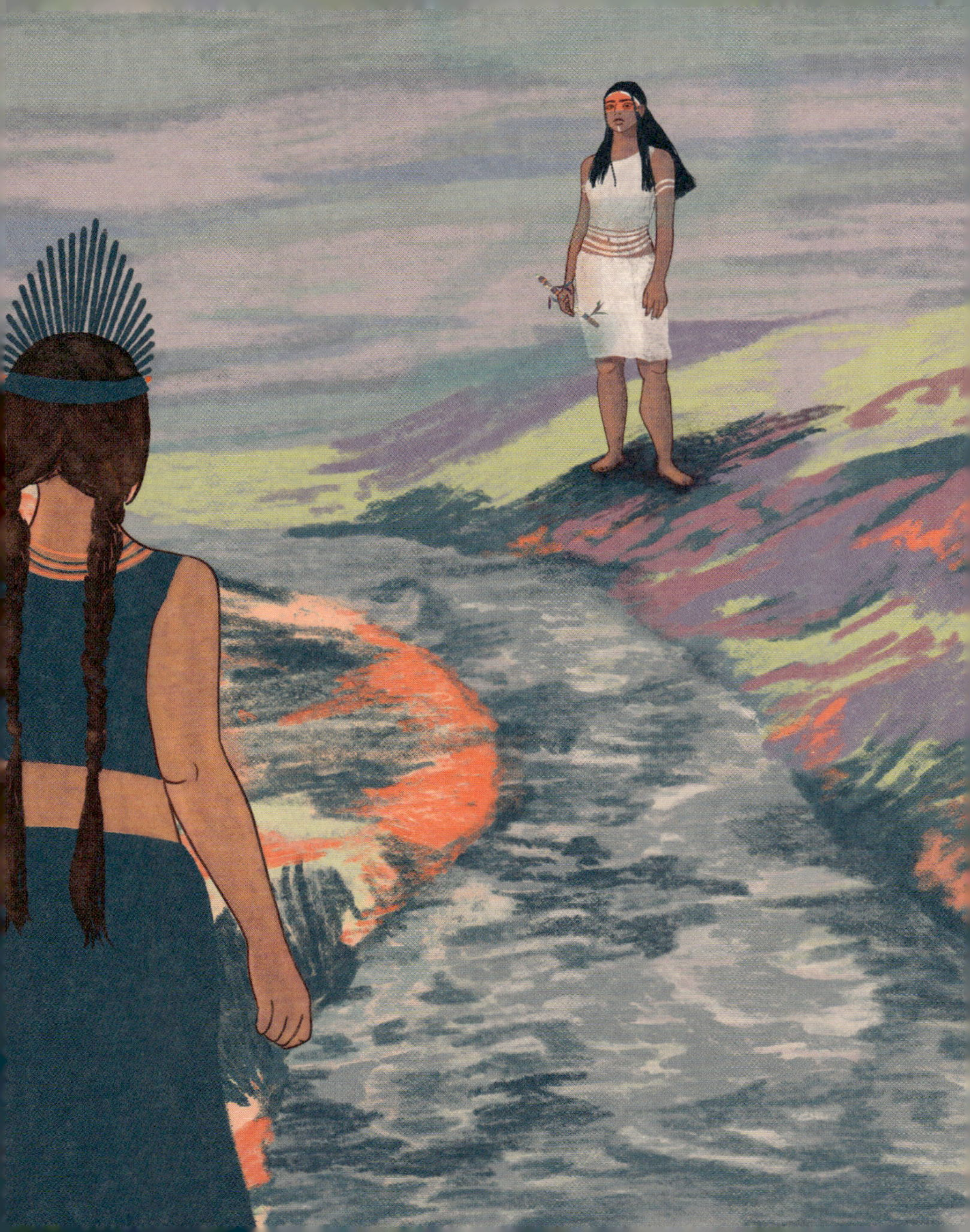

UASÉMU

Sob a benção de Jaci,
a lua no trono celeste elevada,
duas almas predestinadas
finalmente se encontravam.
No abrigo da Sumaúma,
pelo luar gentilmente iluminadas,
o tempo hesitou, enquanto a floresta,
em expectativa, as contemplava.

Quaraçá, com um olhar surpreso,
a flauta de lado colocou.
"Quem caminha tão corajosamente
pela floresta nesta noite?",
suavemente indagou.
"Sou Anahí, filha do cacique,
por tua música cativada",
ela revelou.
E, ao encontrar o olhar de Quaraçá,
um elo de curiosidade e encanto se formou.

"Por que minha música
alcança teu coração assim?",
Quaraçá inquiriu,
enquanto o brilho da lua
delicadamente iluminava seu semblante.
"Porque ela fala de liberdade,
de um mundo além do meu alcance",
Anahí confessou,
"e, em cada nota,
sinto a promessa de voos distantes."

Sob o manto da lua, confidente silenciosa,
um diálogo se entrelaçava.
Entre sonhos, temores e anseios,
a noite em cúmplice se transformava.

"Por que a música?",
Anahí, curiosa, indagou.
"Porque ela fala, Anahí,
daquilo que as palavras não podem expressar.
Ela é minha voz, meu espírito,
pelo vento carregados.
Através dela eu sinto, eu vivo, eu posso voar."

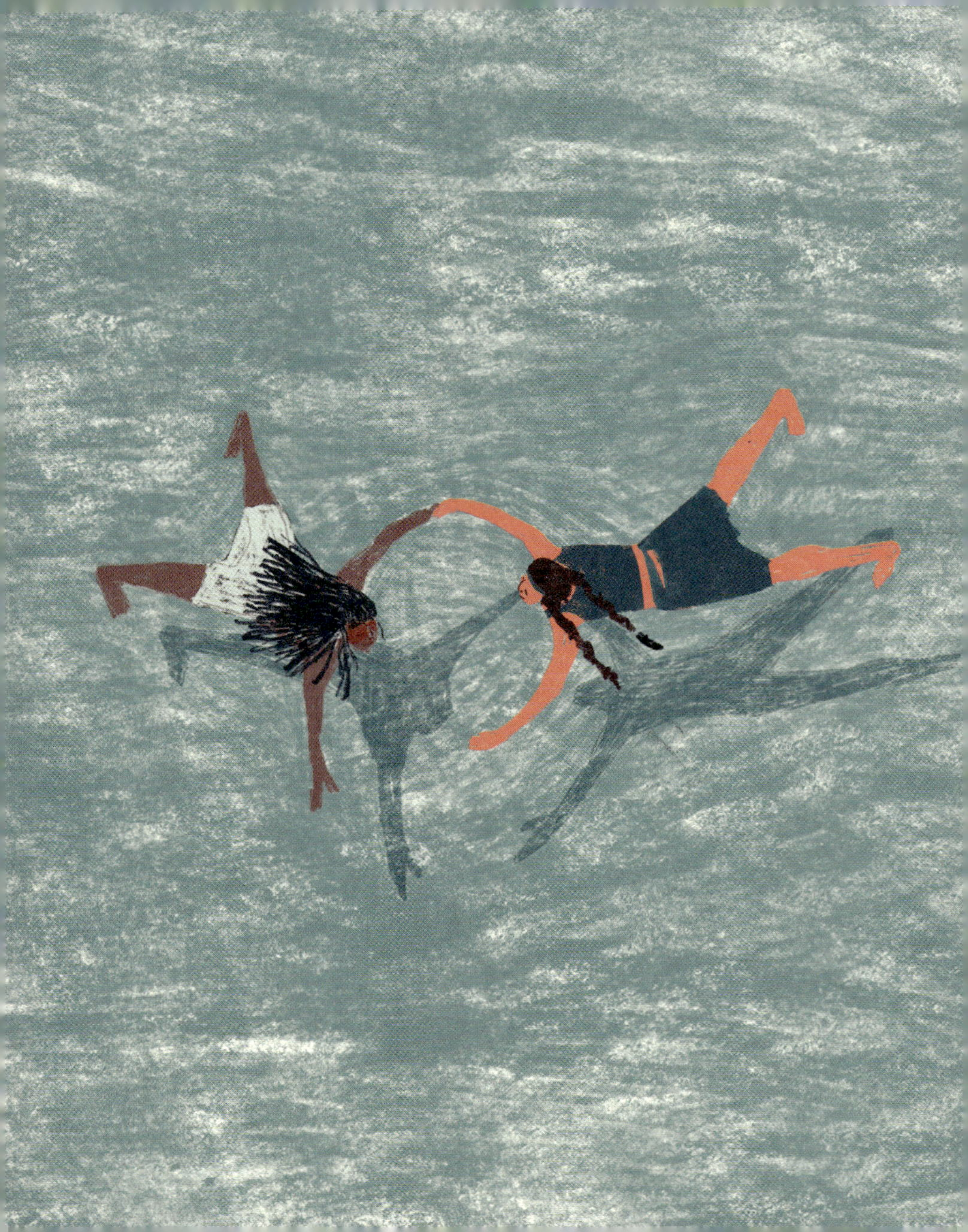

iAPUMi

Nas noites em que a lua cheia
novamente despontava,
Anahí à Sumaúma
silenciosamente retornava.
Quaraçá, através de melodias,
o encontro delas guiava,
e, em cada nota,
um laço mais forte se formava.

Como a castanheira,
que na floresta cresce devagar,
seu amor foi semente
que na terra começou a brotar,
até que raízes profundas no solo fértil do afeto
começaram a se firmar,
crescendo lentamente,
destinados ao tempo perdurar.

"Eu sinto que minha alma
há tempos te buscava",
Anahí em sussurros revelava.
"Nosso destino pelas estrelas foi traçado",
Quaraçá ecoava.
Nas sombras da floresta,
uma promessa não dita era selada,
entre a filha do cacique e a guerreira
uma aliança se firmava.

E, nos encontros secretos sob a guarda de Jaci,
Quaraçá ensinava Anahí, com a flauta,
a dançar com o vento;
enquanto Anahí, com sua essência,
em Quaraçá novas emoções tecia.
Juntas, mergulhavam nas águas do Jaci-Uará,
onde a lua refletia.

Assim, com o passar de cada lua cheia
que no céu se revelava,
a história de duas almas
entre as árvores da floresta se gravava.
O amor de Anahí e Quaraçá
como uma lenda se eternizava,
firme e majestoso,
como a castanheira que
no coração da mata imperava.

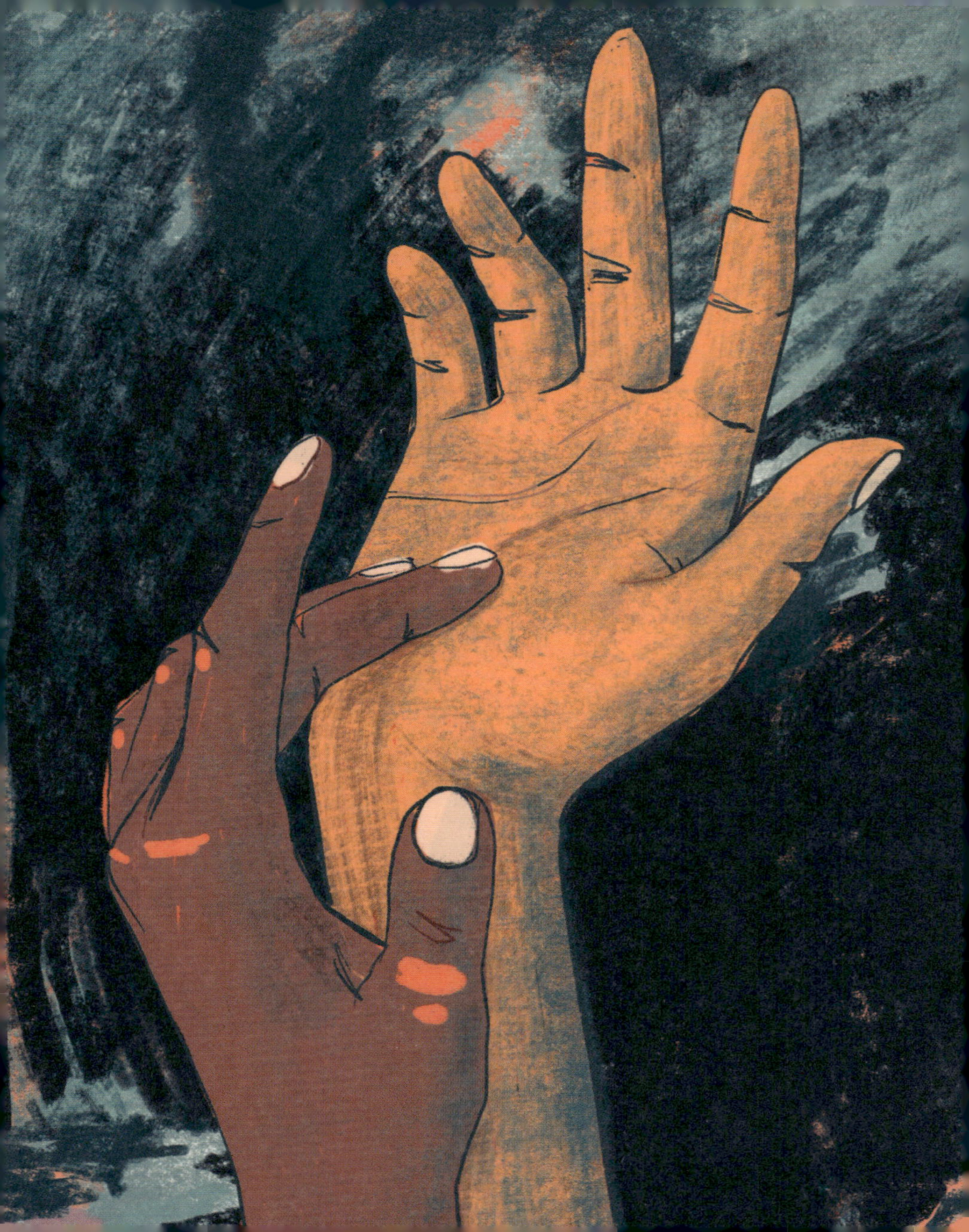

ABîîXÛARA

E na harmonia da floresta,
onde tudo em seu tempo floresce,
o amor de Anahí e Quaraçá
paciente e firme se fortalece.
Começou com um toque sutil,
mãos que timidamente se buscavam,
num gesto tímido que corações inquietos
acalmam e aproximam.

Com o passar das luas,
os toques mais naturais se tornavam,
como o rio que serpenteando pela floresta
seu caminho encontrava.
Olhares que se cruzavam,
almas que sem palavras se entendiam,
e, na quietude da noite,
um desejo crescente se intensificava.

E, na cadência dos dias e no ciclo das noites,
O que era semente
em raiz profunda se transformou.
E na penumbra das árvores,
onde o mistério da floresta habita,
o toque se intensifica, a proximidade excita.

Até que em uma noite,
na proteção da Sumaúma,
cujas raízes parecem abraçar o mundo,
um beijo, sob o olhar de Jaci,
um pacto de amor veio a selar.
Sob a copa que tudo vê,
em solo abençoado o amor germina
e floresce, eterno e forte,
abençoado pela lua que ilumina.

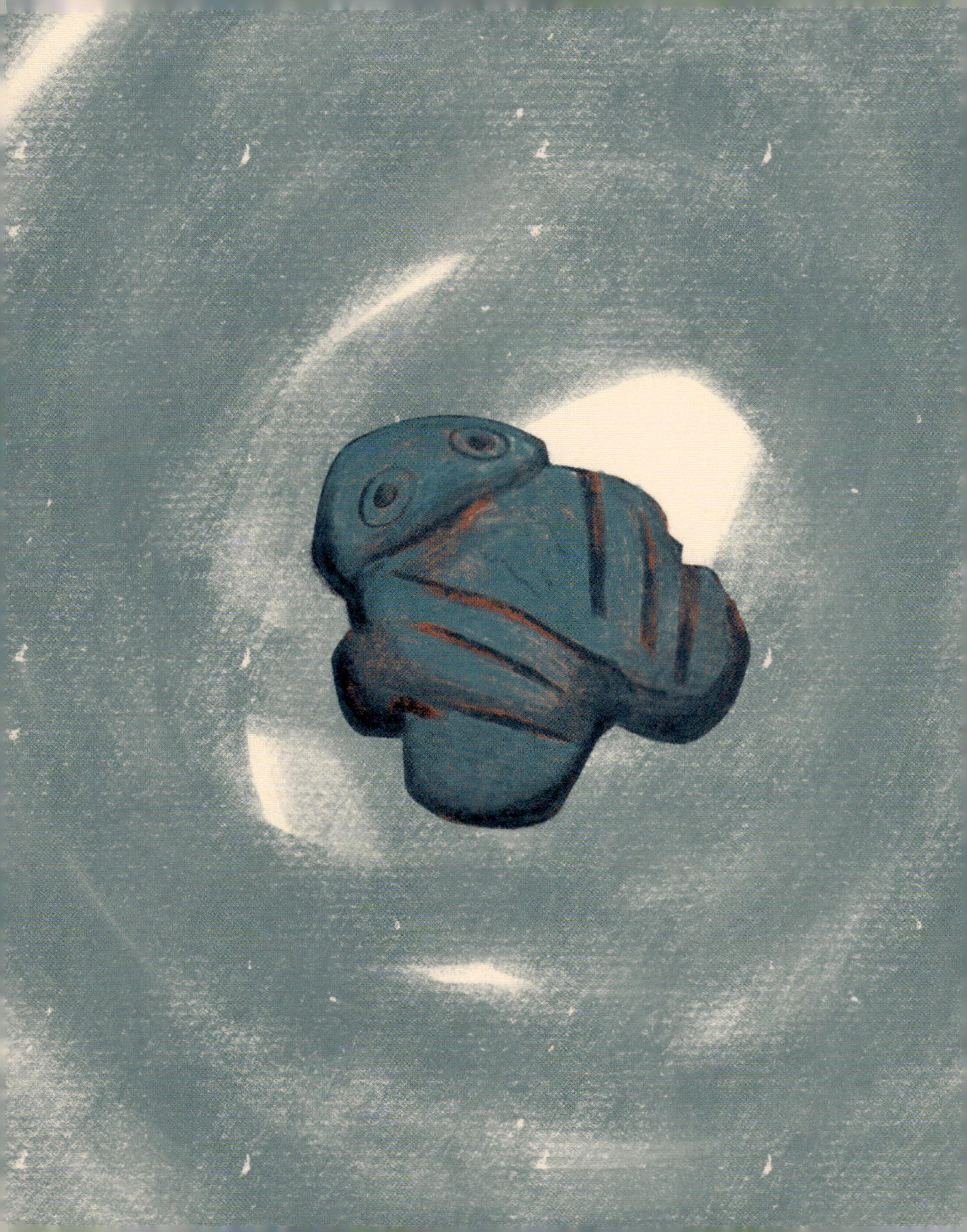

YBYRAKYTÃ

Sob o ciclo eterno das luas,
a alegria e a espera se entrelaçavam.
As luas cheias traziam encontros,
mas as outras noites
só saudade deixavam.
Anahí e Quaraçá, em seus momentos de união,
felicidade pura viviam,
mas, quando apartadas pelo destino,
pela ausência profundamente sofriam.

Quaraçá, determinada a diminuir a espera
que lhes separava,
uma forma de permanecer com Anahí,
mesmo quando ausente, buscava.
A guerreira, que nunca antes
nos rituais dos Muiraquitãs havia participado,
em Anahí finalmente
alguém digno de seu amuleto havia encontrado.

Entre as águas sagradas do Jaci-Uará
Quaraçá mergulhou
e, com suas mãos,
um Muiraquitã com amor esculpiu e moldou.
"Este amuleto",
com ternura Quaraçá entregou,
"simboliza meu amor.
Em cada lua em que minha presença faltar,
que ele seja o elo entre nós,
até nos reencontrar."

Anahí o amuleto com carinho aceitou,
sentindo o peso do amor
e da promessa que simbolizou.
E assim, mesmo nas luas em que
fisicamente não podiam se encontrar,
o Muiraquitã, como ponte invisível,
seu amor passou a conectar.

Desde aquele momento,
cada nova lua era uma promessa de reencontro,
transformando a espera angustiante
em uma doce contagem de encontros.
E Anahí, mesmo envolta na mais densa solidão,
carregava agora parte de Quaraçá
junto ao seu coração.

MONDEBYPYRA

Na tribo acima do rio,
longe do encanto da lua cheia,
sob a sombra da desconfiança
uma tempestade se anunciava.
Obirici, cego pelo ciúme,
a paz da aldeia perturbava.
Nas garras da desconfiança
seu coração se fechava,
cada gesto dela, cada sombra de ausência
em suspeita se transformava.

Ao descobrir o Muiraquitã, sua alma,
tomada pelo ciúme e pela ira,
viu naquele amuleto
a prova da traição que tanto temia.
"De onde vem este amuleto,
esta pedra que trazes contigo?",
questionou Obirici,
deixando no ar o perigo.
Anahí, temendo a tempestade em seus olhos,
silenciou,
sua alegria, como a lua minguante,
se escondeu e se apagou.

Obirici, então,
com a certeza de suas suspeitas confirmadas,
decidiu que Anahí em sua presença
estaria sempre aprisionada.
"Não mais sairás,
da liberdade te despedirás,
para que nunca mais possas, sob a lua,
com outra alma te encontrar."

E assim
Anahí foi privada das noites sob a lua,
da liberdade que tanto amava,
distante dos encontros secretos,
da música que sua alma acalentava.
Enquanto Obirici, cego pela posse e pelo poder,
não podia compreender
que o amor verdadeiro não se prende,
mas permite florescer.

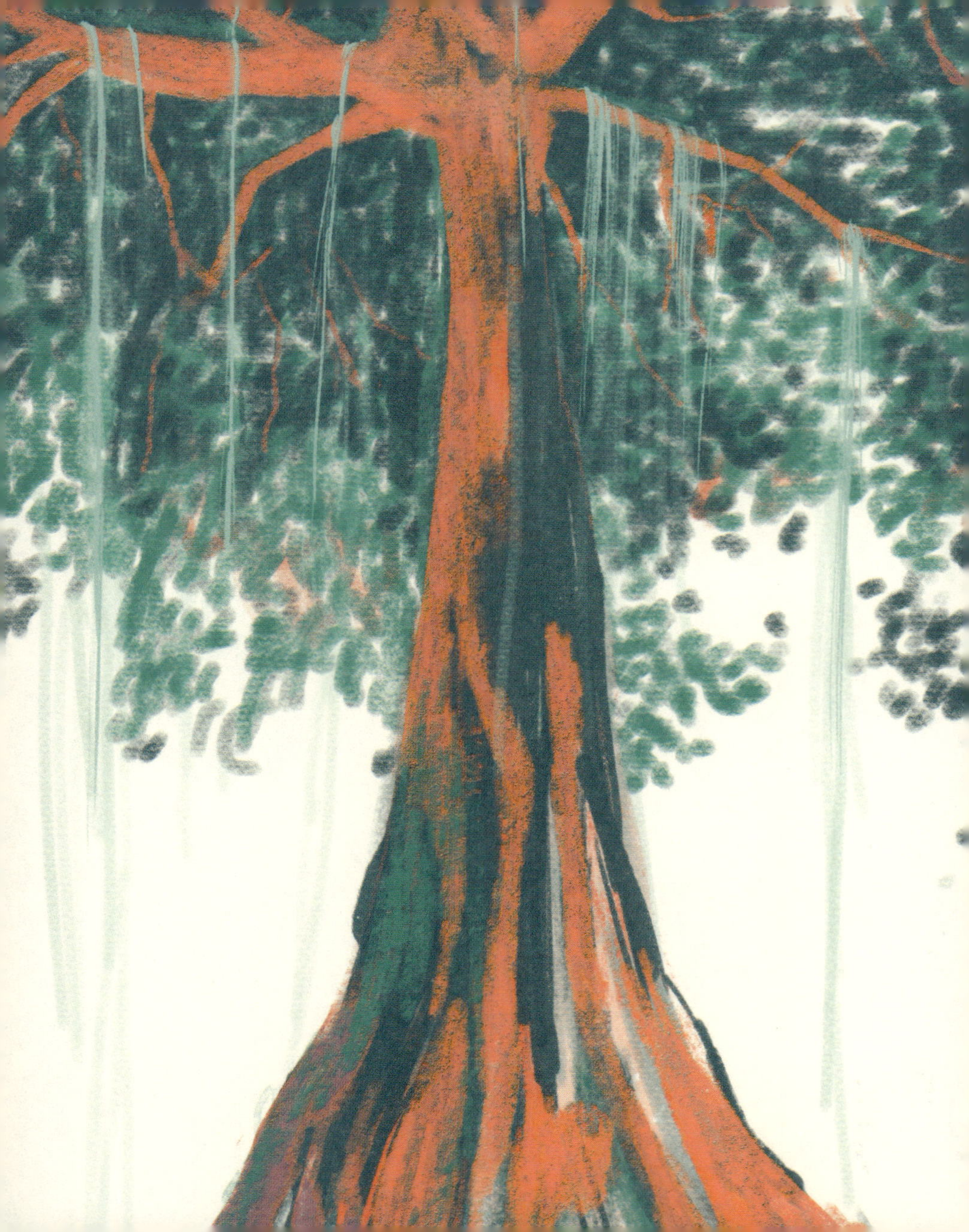

ARURU

Do outro lado do rio,
alheia ao destino que Anahí enfrentava,
Quaraçá, sob a lua,
por sua amada em vão esperava.
A cada ciclo sem o retorno de Anahí
seu coração de tristeza se enchia.
Nas águas do Jaci-Uará
seu reflexo buscava,
mas só encontrava a lua, que,
impassível, sua dor espelhava.

As lágrimas de Quaraçá sob a Sumaúma
silenciosamente caíam,
como gotas de orvalho
que ao solo da mata se uniam.
A floresta, testemunha de sua dor,
em silêncio se comovia,
e o vento, em um sussurro,
tentava consolar a alma que sofria.

No espaço sagrado
onde o amor antes florescia,
agora só restava a Quaraçá
o vazio de uma espera que a alma consumia.
Assim, na dor que a envolvia,
uma cruel descoberta a guerreira fazia:
pior que a angústia da espera
era a ausência de quem não mais esperaria.

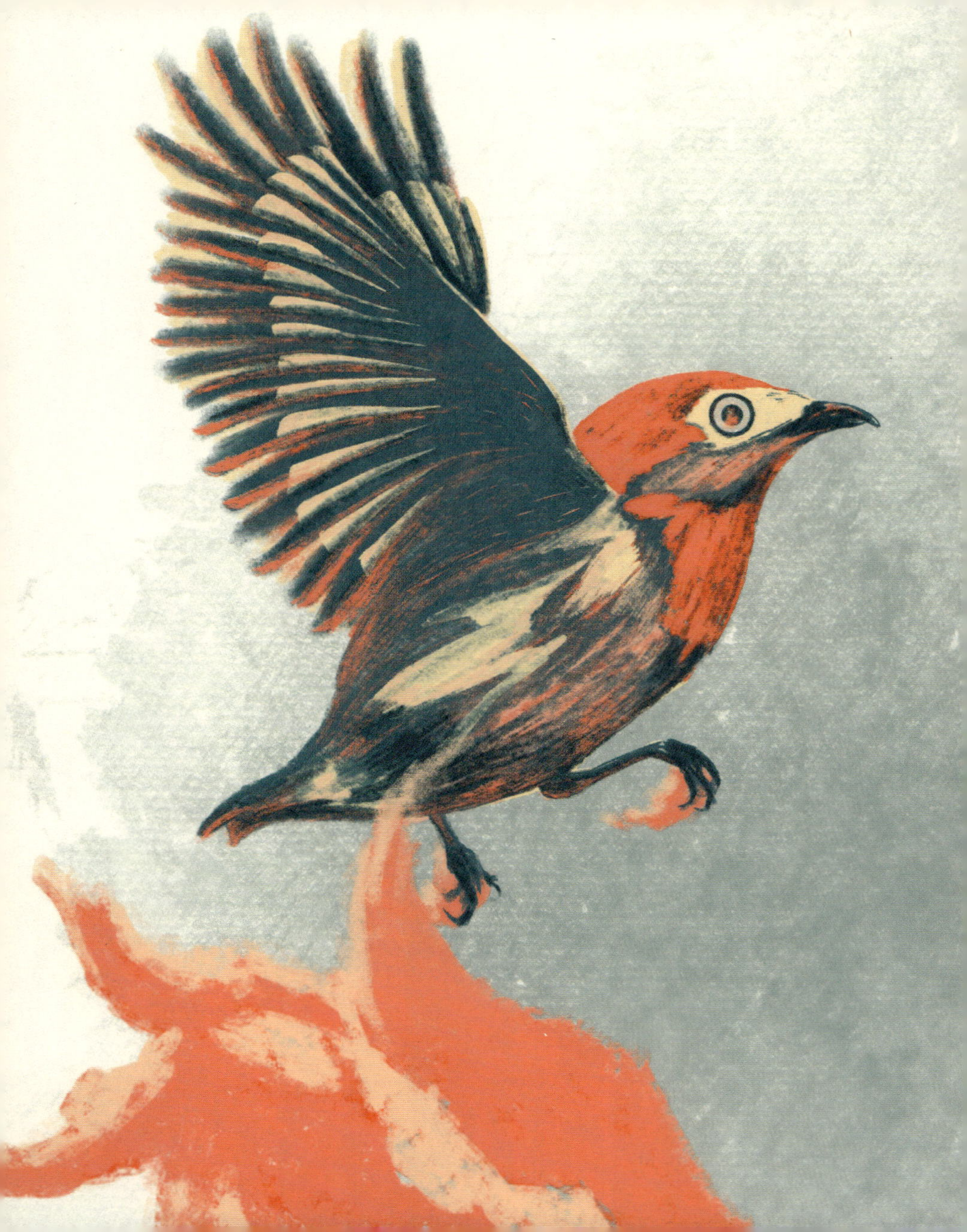

GÛYRÃ-PURU

Após dias de espera,
Quaraçá a lua já não podia olhar,
pois o reflexo de Anahí nela
fazia sua saudade aumentar.
Como a Sumaúma,
que na floresta chora,
sua alma em lágrimas se derramava;
a floresta, solidária,
seu profundo lamento ecoava.
Onde antes a melodia
da flauta de Quaraçá reinava,
agora o silêncio pesado
o espaço ocupava.
Por um meio de reencontrar Anahí,
ela implorou:
"Ó Tupã, que minha alma encontre o caminho
para estar ao lado do meu amor."

Tupã, deus do Sol,
pai de Quaraçá pela essência de sua criação,
comovido por sua dor,
expressou sua compaixão:
"Filha da floresta,
tua dor atravessa meu coração.
Em Uirapuru te transformarei,
ave que com teu canto encanta,
e tuas asas, então,
ao encontro do teu amor te levarão."
"Em cada nota que cantares",
continuou Tupã,
"tua verdadeira essência será sentida,
e mesmo que tua amada
não reconheça tua nova forma,
pelo coração estarás com ela unida."

Com essas palavras,
Tupã a transformação concedeu, e
Quaraçá
na ave de canto mais belo da floresta
se converteu.

E assim, entre as árvores e sob o luar,
o Uirapuru persiste em cantar,
na esperança de que seu amor,
através de sua melodia,
possa finalmente reencontrar.

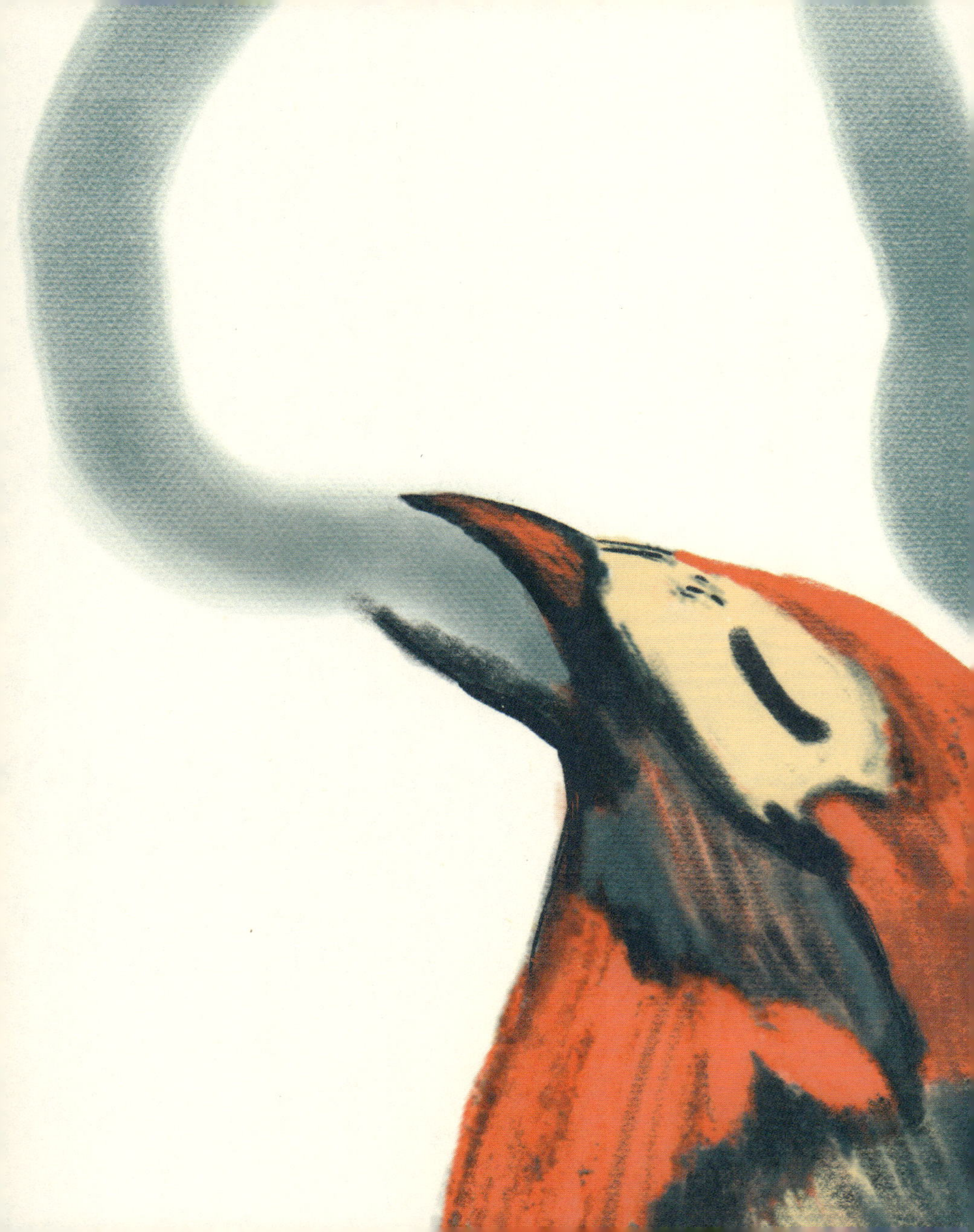

MOÎEKOSUB

Transformada em Uirapuru,
Quaraçá aos céus se elevou,
e para a tribo acima do rio
incessantemente ela voou.
Em cada visita
pousava, e para Anahí sua canção entoava,
e o canto do Uirapuru pela floresta ecoava,
evocando as melodias
que Quaraçá outrora na flauta criava.

Anahí, encantada pelo canto,
ao Uirapuru se afeiçoava,
sem saber que era Quaraçá
quem por ela, em melodias, chamava.
E a guerreira, agora alada,
por perto sempre ficava,
e na presença de sua amada
felicidade encontrava.

E o laço invisível que as duas almas unia
transcendeu a forma e o tempo,
prova de que o amor verdadeiro
não conhece o esquecimento.

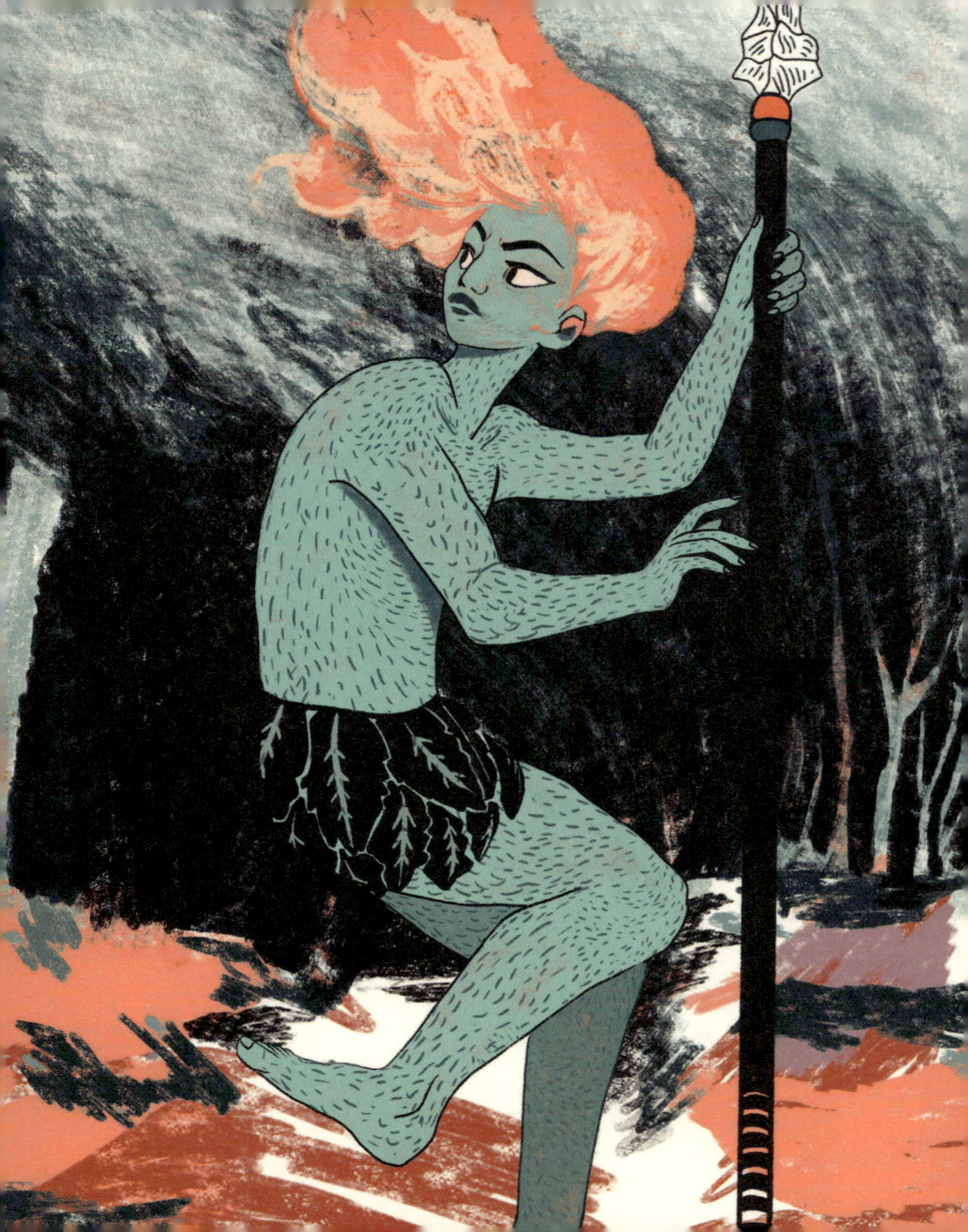

KURUPIRA

Quando Quaraçá, em Uirapuru transformada,
a Anahí cantava,
Obirici pelo canto mágico
obcecado ficava.
Com arco e flecha na noite ele partiu,
em busca do pássaro cujo canto o seduziu.
Pela densa mata
a perseguição ele iniciou,
mas Uirapuru, ágil, pela floresta se embrenhava
e, astuto, numa dança o conduzia ao nada.

Obirici, determinado pelo som se deixou levar,
mas quanto mais tentava o Uirapuru alcançar,
mais se afundava na floresta,
sem conseguir voltar.
Acredita-se que o espírito da floresta
que veio a castigar,
por querer o livre canto do Uirapuru aprisionar.

Diz a lenda que o Curupira,
o protetor dos seres da floresta,
de pele verde, cabelos em chamas
e pés ao contrário,
punia quem ousasse a floresta ameaçar.
Com passos invertidos,
caminhos falsos ele traçava,
e Obirici, em sua ânsia,
se deixou pelo Curupira enganar.
Por trilhas que confundem se perdeu,
entre as árvores antigas
para sempre desapareceu.

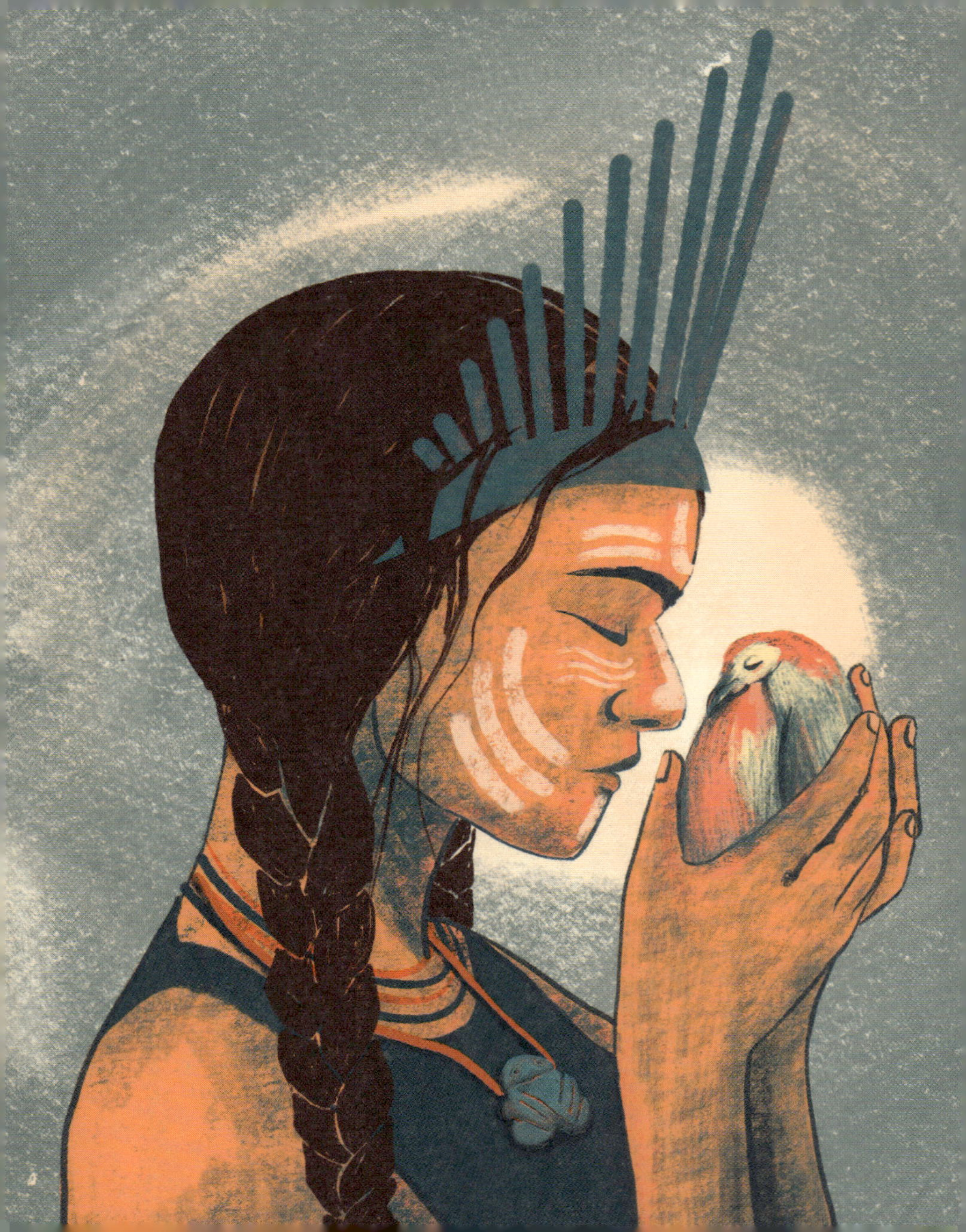

AÛÎERAMA

Nas noites de lua cheia, sob o manto prateado,
Quaraçá, em forma de Uirapuru,
entoava seu canto apaixonado.
Voava de volta à tribo, onde Anahí,
agora livre, aguardava,
e a cada melodia
a esperança do reencontro se renovava.

Tupã, o soberano Sol, e Jaci, a Lua vigilante,
eternos amantes distanciados,
condenados a se encontrar apenas
em raros eclipses sagrados,
contemplam Quaraçá e Anahí,
tocados pela separação,
em seu amor impossível
veem o reflexo de sua própria condição.

Assim, os deuses, em compaixão,
concedem-lhes uma exceção.
Nas noites especiais,
em sua benevolência divina,
permitem que Quaraçá
retorne à forma feminina.

Nessas noites,
o véu que as separava se desfazia.
Quaraçá e Anahí, mesmo brevemente,
juntas existiam.

Uirapuru,
outrora preso na liberdade de sua forma alada,
encontra refúgio nos braços de sua amada.
A cada visita a chama do amor se reacendia,
na magia dessas noites a esperança florescia.

Ao alvorecer,
quando o horizonte se tingia de dourado,
Uirapuru se erguia novamente em sua graça.
Retornava ao céus não como despedida,
mas como um breve adeus,
em uma espera agora dividida.
E o canto do Uirapuru,
pela noite adentro propagado,
agora é promessa de um amor
para sempre reencontrado.

Anahí, sob a guarda da Samaúma,
em serenidade esperava.
A saudade, agora doce companheira,
suavemente a envolvia.
Na certeza de que,
sob a bênção da próxima lua cheia,
sua amada retornaria.

E no eterno girar das luas,
a promessa de amor sob as estrelas se renova,
um lembrete de que o verdadeiro amor
em sua essência nunca se desfaz,
apenas se transforma.

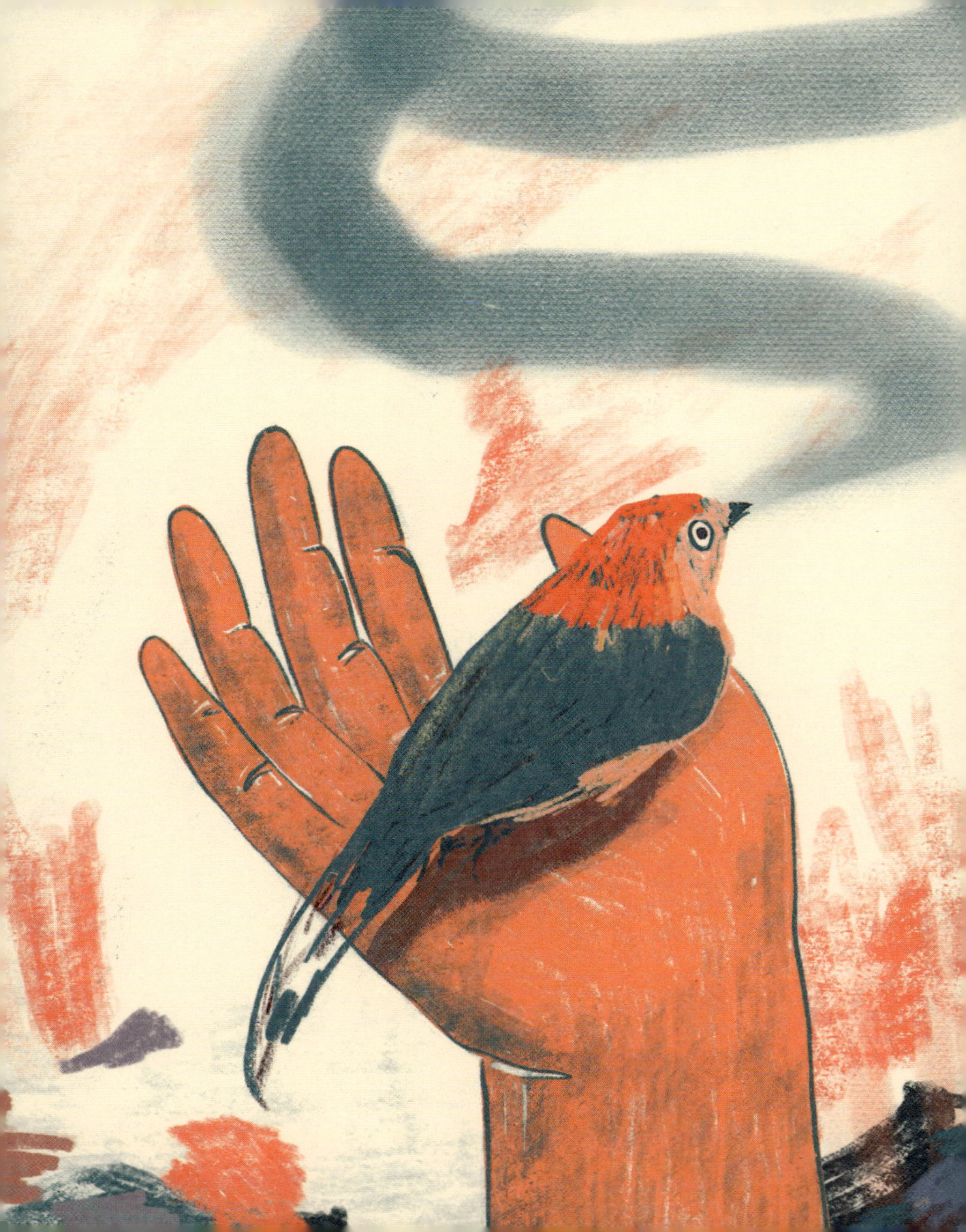

YBÂ-KA

Conta a lenda que ainda hoje,
no coração da floresta,
o Uirapuru para Anahí continua a cantar
sua canção de amor,
que nem o tempo pode apagar,
e por sua amada, sob a lua,
paciente, segue a esperar.

Seu som, delicado como o de uma flauta,
divino em sua essência,
quando canta o Uirapuru
a floresta se dobra em reverência.
Cada criatura, cada folha,
em silêncio, presta deferência.
Seduzidos pela beleza do trinado sem igual,
ao som da melodia, em seu concerto celestial.

"Conta a lenda", sussurram os ventos,
"que sorte no amor quem o vê irá encontrar."
E aos que seu canto divino
conseguirem escutar,
podem ao Uirapuru um desejo entregar.

Assim, nas voltas eternas do tempo,
a lenda do Uirapuru vem nos recordar
de que o amor, em todas as suas formas,
sempre vem nos encontrar.

YVOTYRYRU:
O JARDIM
DE PALAVRAS

Este livro é uma homenagem às lendas amazônicas e à rica cultura dessa região. Para representar os capítulos, foram selecionadas palavras em tupi para capturar a essência dessa cultura e seus mitos inspiradores.

Kunhã Jasy
(*Kunhã*: mulher, filha; *Jasy*: lua)
Filha da Lua.

Kunhã Kûara
(*Kunhã*: mulher, filha; *Kûara*: sol)
Filha do Sol.

Yacy-Uaurá
(*Yacy*: Lua; *Uaurá*: espelho, reflexo)
Espelho da Lua.

Matueté (s.)
Coisa agradável, bela, suavidade. No contexto de música, remete à harmonia, à beleza das melodias e à capacidade de encantar e acalmar os espíritos.

Erokakar (v.)
Acercar-se de, ir chegando a, aproximar-se de.

Uasému (v.)
Achar, encontrar (o que se procurava).

Iapumi (v.)
Mergulhar; afundar na água.

Abiîxûara (s.)
O que está aconchegado, o que está junto.

Ybyrakytã (s.)
Muiraquitã, pedra verde usada como amuleto na Amazônia. Simboliza proteção, conexão espiritual.

Mondebypyra (s.)
O que é (ou deve ser) preso.

Aruru (s.; adj.)
Tristeza, estado de jururu, melancolia; triste, jururu, tristonho, melancólico. Expressa sentimentos profundos de saudade e aflição.

Gûyrã-Puru
(*Gûyrã*: ave; *Puru*: som ou canto característico)
Uirapuru, ave passeriforme da família dos piprídeos, gênero Pipra. Canta quinze dias por ano, quando nidifica.

Moîekosub (v.)
Fazer regozijar-se, agradar, fazer alegrar-se muito. Captura a essência do ato de trazer alegria e satisfação a alguém.

Kurupira
(etim.: pele de sarna, pele de verrugas) (s. antrop.)
Curupira, nome de entidade sobrenatural, habitante das florestas que tinha os pés voltados para trás. Mitologia: nome de um duende da mata.

Aûîerama (adv.)
Para sempre; eternamente, perpetuamente.

Ybâ-ka (s.)
Felicidade eterna.

CLARA BAZZO

Nascida em 1988 no Pará, é engenheira agrônoma formada pela Universidade Federal Rural da Amazônia e doutora em Ciência Agrícola pela Universidade de Bonn, na Alemanha. Cresceu na Amazônia, rodeada por histórias e lendas que marcaram sua infância e moldaram sua forma de ver o mundo. Na escrita, encontrou um caminho para conciliar a vida acadêmica e sua ligação afetiva com sua terra, sua cultura e os saberes populares que a formaram.

Uirapuru nasce desse encontro: é seu modo de recontar, com carinho, duas lendas amazônicas que sempre a fascinaram — o Uirapuru e o Muiraquitã.

Com este livro, presta uma homenagem às suas raízes e à força das histórias que atravessam o tempo.

GEMMA DEL'OU

Gemma Del'Ou, Algemesí, València, é ilustradora,
gravadora e professora.
Ela se emociona ao narrar, por meio do desenho,
as pequenas histórias, o cotidiano e o que os objetos
escondem; gosta de escutar as vizinhas nas ruas e guardar
suas histórias entre papéis dobrados.
É graduada em Belas Artes pela Universitat Politècnica
de València. València é a cidade onde reside
e mantém viva sua criação artística.

Instagram: @gemma_de_lou

FONTE Brother Bear, Polymath Display
PAPEL Pólen Bold 90g
IMPRESSÃO Maistype